LE PLUS BEL AMOUR DE DON JUAN

JULES BARBEY D'AUREVILLY

Edition : Culturea (culurea.fr), 34 Hérault
Contact : infos@culturea.fr
Impression : BOD, Norderstedt (Allemagne)
ISBN : 9791041972135
Date de publication : juillet 2023
Mise en page et maquettage : https://reedsy.com/
Cet ouvrage a été composé avec la police Bauer Bodoni

LE PLUS BEL AMOUR DE DON JUAN

JULES BARBEY D'AUREVILLY

Le meilleur régal du diable, c'est une innocence.

(A.)

" Il vit donc toujours, ce vieux mauvais sujet ?

- Par Dieu ! s'il vit ! et par l'ordre de Dieu, madame, fis-je me reprenant, car je me souvins qu'elle était dévote, et de la paroisse de Sainte-Clotilde encore, la paroisse des ducs! - Le roi est mort ! Vive le roi ! disait-on sous l'ancienne monarchie avant qu'elle fût cassée, cette vieille porcelaine de Sèvres. Don Juan, lui, malgré toutes les démocraties, est un monarque qu'on ne cassera pas.

- Au fait, le diable est immortel ! dit-elle comme une raison qu'elle se serait donnée.

- Il a même...

- Qui ?.., le diable ?...

- Non, Don Juan... soupé, il y a trois jours, en goguette.

Devinez où ?...

- A votre affreuse Maison-d'or, sans doute...

- Fi donc, madame ! Don Juan n'y va plus... il n'y a rien là à fricasser pour sa grandesse. Le seigneur Don Juan a toujours été un peu comme ce fameux moine d'Arnaud de Brescia qui, racontent les Chroniques, ne vivait que du sang des âmes. C'est avec cela qu'il aime à roser son vin de Champagne, et cela ne se trouve plus depuis longtemps dans le cabaret des cocottes !

- Vous verrez, reprit-elle avec ironie, qu'il aura soupé au couvent des Bénédictins, avec ces dames...

- De l'Adoration perpétuelle, oui, madame ! Car l'adoration qu'il a inspirée une fois, ce diable d'homme ! me fait l'effet de durer toujours.

- Pour un catholique, je vous trouve profanant, dit-elle lentement, mais un peu crispée, et je vous prie de m'épargner le détail des soupers de vos coquines, si c'est une manière inventée par vous de m'en donner des nouvelles que de me parler, ce soir, de Don Juan.

- Je n'invente rien, madame. Les coquines du souper en question, si ce sont des coquines, ne sont pas les miennes... malheureusement...

- Assez, monsieur !

- Permettez-moi d'être modeste. C'étaient...

- Les mille è tré ?... fit-elle, curieuse, se ravisant, presque revenue à l'amabilité.

- Oh ! pas toutes, madame... Une douzaine seulement.

C'est déjà, comme cela, bien assez honnête...

- Et déshonnête aussi, ajouta-t-elle.

- D'ailleurs, vous savez aussi bien que moi qu'il ne peut pas tenir beaucoup de monde dans le boudoir de la comtesse de Chiffrevas. On a pu y faire des choses grandes ; mais il est fort petit, ce boudoir...

- Comment ? se récria-t-elle, étonnée. C'est donc dans le boudoir qu'on aura soupé ?...

- Oui, madame, c'est dans le boudoir. Et pourquoi pas ?

On dîne bien sur un champ de bataille. On voulait donner un souper extraordinaire au seigneur Don Juan et c'était plus digne de lui de le lui donner sur le théâtre de sa gloire, là où les souvenirs fleurissent à la place des orangers. Jolie idée, tendre et mélancolique ! Ce n'était pas le bal des victimes ; c'en était le souper.

- Et Don Juan ? dit-elle, comme Orgon dit : “ Et Tartuffe ? ” dans la pièce.

- Don Juan a fort bien pris la chose et très bien soupé, Lui, tout seul, devant elles ! dans la personne de quelqu'un que vous connaissez... et qui n'est pas moins que le comte Jules-Amédée-Hector de Ravila de Ravilès.

- Lui ! C'est bien, en effet, Don Juan ”, dit-elle.

Et quoiqu'elle eût passé l'âge de la rêverie, cette dévote à bec et à ongles, elle se mit à rêver au comte Jules-Amédée-Hector, - à cet homme de race Juan, - de cette antique race Juan éternelle, à qui Dieu n'a pas donné le monde, mais a permis au diable de le lui donner.

Ce que je venais de dire à la vieille marquise Guy de Ruy était l'exacte vérité. Il y avait trois jours à peine qu'une douzaine de femmes du vertueux faubourg Saint-Germain (qu'elles soient bien tranquilles, je ne les nommerai pas !) lesquelles, toutes les douze, selon les douairières du commérage, avaient été du dernier bien (vieille expression charmante) avec le comte Ravila de Ravilès, s'étaient prises de l'idée singulière de lui offrir à souper, - à lui seul d'homme- pour fêter... quoi? elles ne le disaient pas. C'était hardi, qu'un tel souper ; mais les femmes, lâches individuellement, en troupe sont audacieuses. Pas une peut-être de ce souper féminin n'aurait osé l'offrir chez elle, en tête-à-tête, au comte Jules-Amédée-Hector ; mais ensemble, et s'épaulant toutes, les unes par les autres, elles n'avaient pas craint de faire la chaîne du baquet de Mesmer autour de cet homme magnétique et compromettant, le comte de Ravila de Ravilès...

- Quel nom !

- Un nom providentiel, madame... " Le comte de Ravila de Ravilès, qui, par parenthèse, avait toujours obéi à la consigne de ce nom impérieux, était bien l'incarnation de tous les séducteurs dont il est parlé dans les romans et dans l'histoire, et la marquise Guy de Ruy - une vieille mécontente ; aux yeux bleus, froids et affilés, mais moins froids que son coeur et moins affilés que son esprit. - convenait elle-même que, dans ce temps, où la question des femmes perd chaque jour de son importance, s'il y avait quelqu'un qui pût rappeler Don Juan, à coup sûr ce devait être lui ! Malheureusement, c'était Don Juan au cinquième acte. Le prince de Ligne ne pouvait faire entrer dans sa spirituelle tête qu'Alcibiade eût jamais eu cinquante ans. Or, par ce côté-là encore, le comte de Ravila allait continuer toujours Alcibiade. Comme d'Orsay, ce dandy taillé dans le bronze de Michel-Ange, qui fut beau jusqu'à sa dernière heure, Ravila avait eu cette beauté particulière à la race Juan. - à cette mystérieuse race qui ne procède pas de père en fils, comme les autres, mais qui apparaît çà et là, à de certaines distances, dans les familles de l'humanité.

C'était la vraie beauté. - la beauté insolente, joyeuse, impériale, juanesque enfin ; le mot dit tout et dispense de la description ; et - avait-il fait un pacte avec le diable ? il l'avait toujours... Seulement, Dieu retrouvait son compte ; les griffes de tigre de la vie commençaient à lui rayer ce front divin, couronné des roses de tant de lèvres, et sur ses larges tempes impies apparaissaient les premiers cheveux blancs qui annoncent l'invasion prochaine des Barbares et la fin de l'Empire... Il les portait, du reste, avec l'impassibilité de l'orgueil surexcité par la puissance ; mais les femmes qui l'avaient aimé les regardaient parfois avec mélancolie. Qui sait ? elles regardaient peut-être l'heure qui était pour elles à ce front? Hélas, pour elles comme pour lui, c'était l'heure du terrible souper avec le froid Commandeur de marbre blanc, après lequel il n'y a plus que l'enfer, l'enfer de la vieillesse, en attendant l'autre ! Et voilà pourquoi peut-être, avant de partager avec lui ce souper amer et suprême, elles pensèrent à lui offrir le leur et qu'elles en firent un chef-d'oeuvre.

Oui, un chef-d'oeuvre de goût, de délicatesse, de luxe patricien, de recherche, de jolies idées ; le plus charmant, le plus délicieux, le plus friand, le plus capiteux, et surtout le plus original des soupers. Original! pensez donc ! C'est ordinairement la joie, la soif de s'amuser qui donne à souper ; mais ici, c'était le souvenir, c'était le regret, c'était presque le désespoir, mais le désespoir en toilette, caché sous des sourires ou sous des rires, et qui voulait encore cette fête ou cette folie dernière, encore cette escapade vers la jeunesse revenue pour une heure, encore cette griserie, pour qu'il en fût fait à jamais !...

Les Amphitryonnes de cet incroyable souper, si peu dans les moeurs trembleuses de la société à laquelle elles appartenaient, durent y éprouver quelque chose de ce que Sardanapale ressentit sur son bûcher, quand il entassa, pour périr avec lui, ses femmes, ses esclaves, ses chevaux, ses bijoux, toutes les opulences de sa vie. Elles, aussi, entassèrent à ce souper brûlant toutes les opulences de la leur. Elles y apportèrent tout ce qu'elles avaient de beauté, d'esprit, de ressources, de parure, de puissance, pour les verser, en une seule fois, en ce suprême flamboiement.

L'homme devant lequel elles s'enveloppèrent et se drapèrent dans cette dernière flamme, était plus à leurs yeux qu'aux yeux de Sardanapale toute l'Asie. Elles furent coquettes pour lui comme jamais femmes ne le furent pour aucun homme, comme jamais femmes ne le furent pour un salon plein ; et cette coquetterie, elles l'embrasèrent de cette jalousie qu'on cache dans le monde et qu'elles n'avaient point besoin de cacher, car elles savaient toutes que cet homme avait été à chacune d'elles, et la honte partagée n'en est plus... C'était, parmi elles toutes, à qui graverait le plus avant son épitaphe dans son coeur.

Lui, il eut, ce soir-là, la volupté repue, souveraine, nonchalante, dégustatrice du confesseur de nonnes et de sultans.

Assis comme un roi - comme le maître - au milieu de la table, en face de la comtesse de Chiffrevas, dans ce boudoir fleur de pêcher ou de... péché (on n'a jamais bien su l'orthographe de la couleur de ce boudoir), le comte de Ravila embrassait de ses yeux, bleu d'enfer, que tant de pauvres créatures avaient pris pour le bleu du ciel, ce cercle rayonnant de douze femmes, mises avec génie, et qui, à cette table, chargée de cristaux, de bougies allumées et de fleurs, étalaient, depuis le vermillon de la rose ouverte jusqu'à l'or adouci de la grappe ambrée, toutes les nuances de la maturité.

Il n'y avait pas là de ces jeunesses vert tendre, de ces petites demoiselles qu'exécrait Byron, qui sentent la tartelette et qui, par la tournure, ne sont encore que des épluchettes, mais tous étés splendides et savoureux, plantureux automnes, épanouissements et plénitudes, seins éblouissants battant leur plein majestueux au bord découvert des corsages, et, sous les camées de l'épaule nue, des bras de tout galbe, mais surtout des bras puissants, de ces biceps de Sabines qui ont lutté avec les Romains, et qui seraient capables de s'entrelacer, pour l'arrêter, dans les rayons de la roue du char de la vie.

J'ai parlé d'idées. Une des plus charmantes de ce souper avait été de le faire servir par des femmes de chambre, pour qu'il ne fût pas dit que rien eût dérangé l'harmonie d'une fête dont les femmes étaient les seules reines, puisqu'elles en faisaient les honneurs... Le seigneur Don Juan - branche de Ravila - put donc baigner ses fauves regards dans une mer de chairs lumineuses et vivantes comme Rubens en met dans ses grasses et robustes peintures, mais il put plonger aussi son orgueil dans l'éther plus ou moins limpide, plus ou moins troublé de tous ces coeurs. C'est qu'au fond, et malgré tout ce qui pourrait empêcher de le croire, c'est un rude spiritualiste que Don Juan ! Il l'est comme le démon lui-même, qui aime les âmes encore plus que les corps, et qui fait même cette traite-là de préférence à l'autre, le négrier infernal !

Spirituelles, nobles, du ton le plus faubourg Saint-Germain, mais ce soir-là hardies comme des pages de la maison du roi quand il y avait une maison du roi et des pages, elles furent d'un étincellement d'esprit, d'un mouvement, d'une verve et d'un brio incomparables. Elles s'y sentirent supérieures à tout ce qu'elles avaient été dans leurs plus beaux soirs. Elles y jouirent d'une puissance inconnue qui se dégageait du fond d'elles-mêmes, et dont jusque-là elles ne s'étaient jamais doutées.

Le bonheur de cette découverte, la sensation des forces triplées de la vie ; de plus, les influences physiques, si décisives sur les êtres nerveux, l'éclat des lumières, l'odeur pénétrante de toutes ces fleurs qui se pâmaient dans l'atmosphère chauffée par ces beaux corps aux effluves trop forts pour elles, l'aiguillon des vins provocants, l'idée de ce souper qui avait justement le mérite piquant du péché que la Napolitaine demandait à son sorbet pour le trouver exquis, la pensée enivrante de la complicité dans ce petit crime d'un souper risqué, oui ! mais qui ne versa pas vulgairement dans le souper régence ; qui resta un souper faubourg Saint-Germain et XIXe siècle, et où de tous ces adorables corsages, doublés de coeurs qui avaient vu le feu et qui aimaient à l'agacer encore, pas une épingle ne tomba ; - toutes ces choses enfin, agissant à la fois, tendirent la harpe mystérieuse que toutes ces merveilleuses organisations portaient en elles, aussi fort qu'elle pouvait être tendue sans se briser, et elles arrivèrent à des octaves sublimes, à d'inexprimables diapasons... Ce dut être curieux, n'est-ce pas ? Cette page inouïe de ses Mémoires, Ravila l'écrira-t-il un jour ?... C'est une question, mais lui seul peut l'écrire... Comme je le dis à la marquise Guy de Ruy, je n'étais pas à ce souper, et si j'en vais rapporter quelques détails et l'histoire par laquelle il finit, c'est que je les tiens de Ravila lui-même, qui, fidèle à l'indiscrétion traditionnelle et caractéristique de la race Juan, prit la peine, un soir, de me les raconter.

Il était donc tard, - c'est-à-dire tôt ! Le matin venait.

Contre le plafond et à une certaine place des rideaux de soie rose du boudoir, hermétiquement fermés, on voyait poindre et rondir une goutte d'opale, comme un oeil grandissant, l'oeil du jour curieux qui aurait regardé par là ce qu'on faisait dans ce boudoir enflammé. L'alanguissement commençait à prendre les chevalières de cette Table-Ronde, ces soupeuses, si animées il n'y avait qu'un moment. On connaît ce moment-là de tous les soupers où la fatigue de l'émotion et de la nuit passée semble se projeter sur tout, sur les coiffures qui s'affaissent, les joues vermillonnées ou pâlies qui brûlent, les regards lassés dans les yeux cernés qui s'alourdissent, et même jusque sur les lumières élargies et rampantes des mille bougies des candélabres, ces bouquets de feu aux tiges sculptées de bronze et d'or.

La conversation générale, longtemps faite d'entrain, partie de volant où chacun avait allongé son coup de raquette, s'était fragmentée, émiettée, et rien de distinct ne s'entendait plus dans le bruit harmonieux de toutes ces voix, aux timbres aristocratiques, qui se mêlaient et babillaient comme les oiseaux, à l'aube, sur la lisière d'un bois... quand l'une d'elles, - une voix de tête, celle-là ! - impérieuse et presque impertinente, comme doit l'être une voix de duchesse, dit tout à coup, par-dessus toutes les autres, au comte de Ravila, ces paroles qui étaient sans doute la suite et la conclusion d'une conversation, à voix basse, entre eux deux, que personne de ces femmes, qui causaient, chacune avec sa voisine, n'avait entendue :

" Vous qui passez pour le Don Juan de ce temps-ci, vous devriez nous raconter l'histoire de la conquête qui a le plus flatté votre orgueil d'homme aimé et que vous jugez, à cette lueur du moment présent, le plus bel amour de votre vie ?... "

Et la question, autant que la voix qui parlait, coupa nettement dans le bruit toutes ces conversations éparpillées et fit subitement le silence.

C'était la voix de la duchesse de ***. - Je ne lèverai pas son masque d'astérisques ; mais peut-être la reconnaîtrez-vous, quand je vous aurai dit que c'est la blonde la plus pâle de teint et de cheveux, et les yeux les plus noirs sous ses longs sourcils d'ambre, de tout le faubourg Saint-Germain. Elle était assise, comme un juste à la droite de Dieu, à la droite du comte de Ravila, le dieu de cette fête, qui ne réduisait pas alors ses ennemis à lui servir de marchepied ; mince et idéale comme une arabesque et comme une fée, dans sa robe de velours vert aux reflets d'argent, dont la longue traîne se tordait autour de sa chaise, et figurait assez bien la queue de serpent par laquelle se terminait la croupe charmante de Mélusine.

" C'est là une idée ! fit la comtesse de Chiffrevas, comme pour appuyer, en sa qualité de maîtresse de maison, le désir et la motion de la duchesse, oui, l'amour de tous les amours, inspirés ou sentis, que vous voudriez le plus recommencer, si c'était possible.

- Oh ! je voudrais les recommencer tous ! " fit Ravila avec cet inassouvissement d'Empereur romain qu'ont parfois ces blasés immenses. Et il leva son verre de champagne, qui n'était pas la coupe bête et païenne par laquelle on l'a remplacé, mais le verre élancé et svelte de nos ancêtres, qui est le vrai verre de champagne - celui-là qu'on appelle une flûte, peut-être à cause des célestes mélodies qu'il nous verse souvent au coeur ! - Puis il étreignit d'un regard circulaire toutes ces femmes qui formaient autour de la table une si magnifique ceinture. " Et cependant ", ajouta-t-il en replaçant son verre devant lui avec une mélancolie étonnante pour un tel Nabuchodonosor qui n'avait encore mangé d'herbe que les salades à l'estragon du café anglais, " et cependant c'est la vérité, qu'il y en a un entre tous les sentiments de la vie, qui rayonne toujours dans le souvenir plus fort que les autres, à mesure que la vie s'avance, et pour lequel on les donnerait tous !

- Le diamant de l'écrin, dit la comtesse de Chiffrevas songeuse, qui regardait peut-être dans les facettes du sien.

- ... Et de la légende de mon pays, reprit à son tour la princesse Jable... qui est du pied des monts Ourals, - ce fameux et fabuleux diamant, rose d'abord, qui devient noir ensuite, mais qui reste diamant, plus brillant encore noir que rose... " Elle dit cela avec le charme étrange qui est en elle, cette Bohémienne ! car c'est une Bohémienne, épousée par amour par le plus beau prince de l'émigration polonaise, et qui a l'air aussi princesse que si elle était née sous les courtines des Jagellons.

Alors, ce fut une explosion ! " Oui, firent-elles toutes. Dites-nous cela, comte ! " ajoutèrent-elles passionnément, suppliantes déjà, avec les frémissements de la curiosité, jusque dans les frisons de leurs cous, par-derrière ; se tassant, épaule contre épaule ; les unes la joue dans la main, le coude sur la table ; les autres renversées au dossier des chaises, l'éventail déplié sur la bouche ; le fusillant toutes de leurs yeux émerillonnés et inquisiteurs.

" Si vous le voulez absolument..., dit le comte, avec la nonchalance d'un homme qui sait que l'attente exaspère le désir.

- Absolument ! dit la duchesse en regardant comme un despote turc aurait regardé le fil de son sabre - le fil d'or de son couteau de dessert.

- Ecoutez donc ", acheva-t-il, toujours nonchalant.

Elles se fondaient d'attention, en le regardant. Elles le buvaient et le mangeaient des yeux. Toute histoire d'amour intéresse les femmes ; mais qui sait ? peut-être le charme de celle-ci était-il, pour chacune d'elles, la pensée que l'histoire qu'il allait raconter pouvait être la sienne... Elles le savaient trop gentilhomme et de trop grand monde pour n'être pas sûres qu'il sauverait les noms et qu'il épaissirait, quand il le faudrait, les détails par trop transparents ; et cette idée, cette certitude leur faisait d'autant plus désirer l'histoire. Elles en avaient mieux que le désir : elles en avaient l'espérance.

Leur vanité se trouvait des rivales dans ce souvenir évoqué comme le plus beau souvenir de la vie d'un homme, qui devait en avoir de si beaux et de si nombreux ! Le vieux sultan allait jeter une fois de plus le mouchoir... que nulle main ne ramasserait, mais que celle à qui il serait jeté sentirait tomber silencieusement sur son coeur...

Or voici, avec ce qu'elles croyaient, le petit tonnerre inattendu qu'il fit passer sur tous ces fronts écoutants :

" J'ai ouï dire souvent à des moralistes, grands expérimentateurs de la vie, dit le comte de Ravila, que le plus fort de tous nos amours n'est ni le premier, ni le dernier, comme beaucoup le croient ; c'est le second. Mais en fait d'amour, tout est vrai et tout est faux, et, du reste, cela n'aura pas été pour moi... Ce que vous me demandez, mesdames, et ce que j'ai, ce soir, à vous raconter, remonte au plus bel instant de ma jeunesse. Je n'étais plus précisément un homme jeune, et, comme disait un vieil oncle à moi, chevalier de Malte, pour désigner cette époque de la vie, " j'avais fini mes caravanes ". En pleine force donc, je me trouvais en pleine relation aussi, comme on dit si joliment en Italie, avec une femme que vous connaissez toutes et que vous avez toutes admirée... " Ici le regard que se jetèrent en même temps, chacune à toutes les autres, ce groupe de femmes qui aspiraient les paroles de ce vieux serpent, fut quelque chose qu'il faut avoir vu, c'est inexprimable.

" Cette femme était bien, continua Ravila, tout ce que vous pouvez imaginer de plus distingué, dans tous les sens que l'on peut donner à ce mot. Elle était jeune, riche, d'un nom superbe, belle, spirituelle, d'une large intelligence d'artiste, et naturelle avec cela, comme on l'est dans votre monde, quand on l'est... D'ailleurs, n'ayant, dans ce monde-là, d'autre prétention que celle de me plaire et de se dévouer ; que de me paraître la plus tendre des maîtresses et la meilleure des amies.

" Je n'étais pas, je crois, le premier homme qu'elle eût aimé... Elle avait déjà aimé une fois, et ce n'était pas son mari ; mais c'avait été vertueusement, platoniquement, utopiquement, de cet amour qui exerce le coeur plus qu'il ne le remplit ; qui en prépare les forces pour un autre amour qui doit toujours bientôt le suivre ; de cet amour d'essai, enfin, qui ressemble à la messe blanche que disent les jeunes prêtres pour s'exercer à dire, sans se tromper, la vraie messe, la messe consacrée... Lorsque j'arrivai dans sa vie, elle n'en était encore qu'à la messe blanche. C'est moi qui fus la véritable messe, et elle la dit alors avec toutes les cérémonies de la chose et somptueusement, comme un cardinal. "

A ce mot-là, le plus joli rond de sourires tourna sur ces douze délicieuses bouches attentives, comme une ondulation circulaire sur la surface limpide d'un lac... Ce fut rapide, mais ravissant !

" C'était vraiment un être à part ! reprit le comte. J'ai vu rarement plus de bonté vraie, plus de pitié, plus de sentiments excellents, jusque dans la passion qui, comme vous le savez, n'est pas toujours bonne. Je n'ai jamais vu moins de manège, moins de pruderie et de coquetterie, ces deux choses si souvent emmêlées dans les femmes, comme un écheveau dans lequel la griffe du chat aurait passé... Il n'y avait point de chat en celle-ci... Elle était ce que ces diables de faiseurs de livres, qui nous empoisonnent de leurs manières de parler, appelleraient une nature primitive, parée par la civilisation ; mais elle n'en avait que les luxes charmants, et pas une seule de ces petites corruptions qui nous paraissent encore plus charmantes que ces luxes...

- Était-elle brune ? interrompit tout à coup et à brûle-pourpoint la duchesse, impatientée de toute cette métaphysique.

- Ah ! vous n'y voyez pas assez clair ! dit Ravila finement. Oui, elle était brune, brune de cheveux jusqu'au noir le plus jais, le plus miroir d'ébène que j'aie jamais vu reluire sur la voluptueuse convexité lustrée d'une tête de femme, mais elle était blonde de teint, - et c'est au teint et non aux cheveux qu'il faut juger si on est brune ou blonde, - ajouta le grand observateur, qui n'avait pas étudié les femmes seulement pour en faire des portraits.

- C'était une blonde aux cheveux noirs... " Toutes les têtes blondes de cette table, qui ne l'étaient, elles, que de cheveux, firent un mouvement imperceptible.

Il était évident que pour elles l'intérêt de l'histoire diminuait déjà.

" Elle avait les cheveux de la Nuit, reprit Ravila, mais sur le visage de l'Aurore, car son visage resplendissait de cette fraîcheur incarnadine, éblouissante et rare, qui avait résisté à tout dans cette vie nocturne de Paris dont elle vivait depuis des années, et qui brûle tant de roses à la flamme de ses candélabres. Il semblait que les siennes s'y fussent seulement embrasées, tant sur ses joues et sur ses lèvres le carmin en était presque lumineux ! Leur double éclat s'accordait bien, du reste, avec le rubis qu'elle portait habituellement sur le front, car, dans ce temps-là, on se coiffait en ferronnière, ce qui faisait dans son visage, avec ses deux yeux incendiaires dont la flamme empêchait de voir la couleur, comme un triangle de trois rubis! Élancée, mais robuste, majestueuse même, taillée pour être la femme d'un colonel de cuirassiers, - son mari n'était alors chef d'escadron que dans la cavalerie légère, - elle avait, toute grande dame qu'elle fût, la santé d'une paysanne qui boit du soleil par la peau, et elle avait aussi l'ardeur de ce soleil bu, autant dans l'âme que dans les veines, - oui, présente et toujours prête... Mais voici où l'étrange commençait ! Cet être puissant et ingénu, cette nature purpurine et pure comme le sang qui arrosait ses belles joues et rosait ses bras, était.., le croirez-vous ? maladroite aux caresses... " Ici quelques yeux se baissèrent, mais se relevèrent, malicieux...

" Maladroite aux caresses comme elle était imprudente dans la vie, continua Ravila, qui ne pesa pas plus que cela sur le renseignement. Il fallait que l'homme qu'elle aimait lui enseignât incessamment deux choses qu'elle n'a jamais apprises, du reste... à ne pas se perdre vis-à-vis d'un monde toujours armé et toujours implacable, et à pratiquer dans l'intimité le grand art de l'amour, qui empêche l'amour de mourir. Elle avait cependant l'amour ; mais l'art de l'amour lui manquait... C'était le contraire de tant de femmes qui n'en ont que l'art ! Or, pour comprendre et appliquer la politique du Prince, il faut être déjà Borgia, Borgia précède Machiavel. L'un est poète ; l'autre, le critique. Elle n'était nullement Borgia. C'était une honnête femme amoureuse, naïve, malgré sa colossale beauté, comme la petite fille du dessus de porte qui, ayant soif, veut prendre dans sa main de l'eau de la fontaine, et qui, haletante, laisse tout tomber à travers ses doigts, et reste confuse...

“ C'était presque joli, du reste, que le contraste de cette confusion et de cette gaucherie avec cette grande femme passionnée, qui, à la voir dans le monde, eût trompé tant d'observateurs, - qui avait tout de l'amour, même le bonheur, mais qui n'avait pas la puissance de le rendre comme on le lui donnait. Seulement je n'étais pas alors assez contemplateur pour me contenter de ce joli d'artiste, et c'est même la raison qui, à certains jours, la rendait inquiète, jalouse et violente, - tout ce qu'on est quand on aime, et elle aimait ! - Mais, jalousie, inquiétude, violence, tout cela mourait dans l'inépuisable bonté de son coeur, au premier mal qu'elle voulait ou qu'elle croyait faire, maladroite à la blessure comme à la caresse ! Lionne, d'une espèce inconnue, qui s'imaginait avoir des griffes, et qui, quand elle voulait les allonger, n'en trouvait jamais dans ses magnifiques pattes de velours. C'est avec du velours qu'elle égratignait !

- Où va-t-il en venir? dit la comtesse de Chiffrevas à sa voisine, car, vraiment, ce ne peut pas être là le plus bel amour de Don Juan ! ” Toutes ces compliquées ne pouvaient croire à cette simplicité ?

“ Nous vivions donc, dit Ravila, dans une intimité qui avait parfois des orages, mais qui n'avait pas de déchirements, et cette intimité n'était, dans cette ville de province qu'on appelle Paris, un mystère pour personne... La marquise... elle était marquise... ” Il y en avait trois à cette table, et brunes de cheveux aussi. Mais elles ne cillèrent pas. Elles savaient trop que ce n'était pas d'elles qu'il parlait... Le seul velours qu'elles eussent, à toutes les trois, était sur la lèvre supérieure de l'une d'elles, - lèvre voluptueusement estompée, qui, pour le moment, je vous jure, exprimait pas mal de dédain.

“ ... Et marquise trois fois, comme les pachas peuvent être pachas à trois queues ! continua Ravila, à qui la verve venait.

La marquise était de ces femmes qui ne savent rien cacher et qui, quand elles le voudraient, ne le pourraient pas. Sa fille même, une enfant de treize ans, malgré son innocence, ne s'apercevait que trop du sentiment que sa mère avait pour moi. Je ne sais quel poète a demandé ce que pensent de nous les filles dont nous avons aimé les mères. Question profonde ! que je me suis souvent faite quand je surprenais le regard d'espion, noir et menaçant, embusqué sur moi, du fond des grands yeux sombres de cette fillette. Cette enfant, d'une réserve farouche, qui le plus souvent quittait le salon quand je venais et qui se mettait le plus loin possible de moi quand elle était obligée d'y rester, avait pour ma personne une horreur presque convulsive... qu'elle cherchait à cacher en elle, mais qui, plus forte qu'elle, la trahissait...

Cela se révélait dans d'imperceptibles détails, mais dont pas un ne m'échappait. La marquise, qui n'était pourtant pas une observatrice, me disait sans cesse : “ Il faut prendre garde, “ mon ami. Je crois ma fille jalouse de vous... ”

“ J'y prenais garde beaucoup plus qu'elle.

“ Cette petite aurait été le diable en personne, je l'aurais bien défiée de lire dans mon jeu... Mais le jeu de sa mère était transparent. Tout se voyait dans le miroir pourpre de ce visage, si souvent troublé ! A l'espèce de haine de la fille, je ne pouvais m'empêcher de penser qu'elle avait surpris le secret de sa mère à quelque émotion exprimée, dans quelque regard trop noyé, involontairement, de tendresse. C'était, si vous voulez le savoir, une enfant chétive, parfaitement indigne du moule splendide d'où elle était sortie, laide, même de l'aveu de sa mère, qui ne l'en aimait que davantage ; une petite topaze brûlée... que vous dirai-je ? une espèce de maquette en bronze, mais avec des yeux noirs... Une magie !

Et qui, depuis... " Il s'arrêta après cet éclair... comme s'il avait voulu l'éteindre et qu'il en eût trop dit... L'intérêt était revenu général, perceptible, tendu, à toutes les physionomies, et la comtesse avait dit même entre ses belles dents le mot de l'impatience éclairée : " Enfin ! "

" Dans les commencements de ma liaison avec sa mère, reprit le comte de Ravila, j'avais eu avec cette petite fille toutes les familiarités caressantes qu'on a avec tous les enfants... Je lui apportais des sacs de dragées. Je l'appelais " petite masque ", et très souvent, en causant avec sa mère, je m'amusais à lui lisser son bandeau sur la tempe, - un bandeau de cheveux malades, noirs, avec des reflets d'amadou, - mais

" la petite masque ", dont la grande bouche avait un joli sourire pour tout le monde, recueillait, repliait son sourire pour moi, fronçait âprement ses sourcils, et, à force de se crisper, devenait d'une " petite masque " un vrai masque ridé de cariatide humiliée, qui semblait, quand ma main passait sur son front, porter le poids d'un entablement sous ma main.

" Aussi bien, en voyant cette maussaderie toujours retrouvée à la même place et qui semblait une hostilité, j'avais fini par laisser là cette sensitive, couleur de souci, qui se rétractait si violemment au contact de la moindre caresse...

et je ne lui parlais même plus ! " Elle sent bien que vous la " volez, me disait la marquise. Son instinct lui dit que vous " lui prenez une portion de l'amour de sa mère. " Et quelquefois, elle ajoutait dans sa droiture : " C'est ma conscience " que cette enfant, et mon remords, sa jalousie."

" Un jour, ayant voulu l'interroger sur cet éloignement profond qu'elle avait pour moi, la marquise n'en avait obtenu que ces réponses brisées, têtues, stupides, qu'il faut tirer, avec un tire-bouchon d''interrogations répétées, de tous les enfants qui ne veulent rien dire... " Je n'ai rien... je ne sais pas ", et voyant la dureté de ce petit bronze, elle avait cessé de lui faire des questions, et, de lassitude, elle s'était détournée...

" J'ai oublié de vous dire que cette enfant bizarre était très dévote, d'une dévotion sombre, espagnole, moyen âge, superstitieuse. Elle tordait autour de son maigre corps toutes sortes de scapulaires et se plaquait sur sa poitrine, unie comme le dos de la main, et autour de son cou brisé, des tas de croix, de bonnes Vierges et de Saints-Esprits !

" Vous êtes malheureusement un impie, me disait la marquise. Un jour, en causant, vous l'aurez peut-être scandalisée. Faites attention à tout ce que vous dites devant elle, je vous en supplie. N'aggravez pas mes torts aux yeux de cette enfant envers qui je me sens déjà si coupable ! " Puis, comme la conduite de cette petite ne changeait point, ne se modifiait point: Vous finirez par la haïr, ajoutait la marquise inquiète, et je ne pourrai pas vous en vouloir. Mais elle se trompait : je n'étais qu'indifférent pour cette maussade fillette, quand elle ne m'impatientait pas.

“ J'avais mis entre nous la politesse qu'on a entre grandes personnes, et entre grandes personnes qui ne s'aiment point. Je la traitais avec cérémonie, l'appelant gros comme le bras : “ Mademoiselle ”, et elle me renvoyait un “ Monsieur ” glacial. Elle ne voulait rien faire devant moi qui pût la mettre, je ne dis pas en valeur, mais seulement en dehors d'elle-même... Jamais sa mère ne put la décider à me montrer un de ses dessins, ni jouer devant moi un air de piano. Quand je l'y surprenais, étudiant avec beaucoup d'ardeur et d'attention, elle s'arrêtait court, se levait du tabouret et ne jouait plus...

“ Une seule fois, sa mère l'exigeant (il y avait du monde), elle se plaça devant l'instrument ouvert avec un de ces airs victime qui, je vous assure, n'avait rien de doux, et elle commença je ne sais quelle partition avec des doigts abominablement contrariés. J'étais debout à la cheminée, et je la regardais obliquement. Elle avait le dos tourné de mon côté, et il n'y avait pas de glace devant elle dans laquelle elle pût voir que je la regardais... Tout à coup son dos (elle se tenait habituellement mal, et sa mère lui disait souvent :

“ Si tu te tiens toujours ainsi, tu finiras par te donner une “ maladie de poitrine ”), tout à coup son dos se redressa, comme si je lui avais cassé l'épine dorsale avec mon regard comme avec une balle ; et abattant violemment le couvercle du piano, qui fit un bruit effroyable en tombant, elle se sauva du salon... On alla la chercher ; mais ce soir-là, on ne put jamais l'y faire revenir.

“ Eh bien, il paraît que les hommes les plus fats ne le sont jamais assez, car la conduite de cette ténébreuse enfant, qui m'intéressait si peu, ne me donna rien à penser sur le sentiment qu'elle avait pour moi. Sa mère, non plus. Sa mère, qui était jalouse de toutes les femmes de son salon, ne fut pas plus jalouse que je n'étais fait avec cette petite fille, qui finit par se révéler dans un de ces faits que la marquise, l'expansion même dans l'intimité, pâle encore de la terreur qu'elle avait ressentie, et riant aux éclats de l'avoir éprouvée, eut l'imprudence de me raconter. ” Il avait souligné, par inflexion, le mot d'imprudence comme eût fait le plus habile acteur et en homme qui savait que tout l'intérêt de son histoire ne tenait plus qu'au fil de ce mot-là !

Mais cela suffisait apparemment, car ces douze beaux visages de femmes s'étaient enflammés d'un sentiment aussi intense que les visages des Chérubins devant le trône de Dieu. Est-ce que le sentiment de la curiosité chez les femmes n'est pas aussi intense que le sentiment de l'adoration chez les Anges?... Lui, les regarda tous, ces visages de Chérubins qui ne finissaient pas aux épaules, et les trouvant à point, sans doute, pour ce qu'il avait à leur dire, il reprit vite et ne s'arrêta plus :

“ Oui, elle riait aux éclats, la marquise, rien que d'y penser ! me dit-elle à quelque temps de là, lorsqu'elle me rapporta la chose ; mais elle n'avait pas toujours ri ! ”

“ Figurez-vous, me conta-t-elle (je tâcherai de me rappeler ses propres paroles), que j'étais assise là où nous sommes maintenant.

“ (C'était une de ces causeuses qu'on appelait des dos-à-dos, le meuble le mieux inventé pour se bouder et se raccommoder sans changer de place.) “ Mais vous n'étiez pas où vous voilà, heureusement ! quand on m'annonça... devinez qui ?.., vous ne le devineriez jamais... M. le curé de Saint-Germain-des-Près. Le connaissez-vous ?... Non ! Vous n'allez jamais à la messe, ce qui est très mal... Comment pourriez-vous donc connaître ce pauvre vieux curé qui est un saint, et qui ne met le pied chez aucune femme de sa paroisse, sinon quand il s'agit d'une quête pour ses pauvres ou pour son église ? Je crus tout d'abord que c'était pour cela qu'il venait.

" Il avait dans le temps fait faire sa première communion à ma fille, et elle, qui communiait souvent, l'avait gardé pour confesseur. Pour cette raison, bien des fois, depuis ce temps-là, je l'avais invité à dîner, mais en vain. Quand il entra, il était extrêmement troublé, et je vis sur ses traits, d'ordinaire si placides, un embarras si peu dissimulé et si grand, qu'il me fut impossible de le mettre sur le compte de la timidité toute seule, et que je ne pus m'empêcher de lui dire pour première parole :

" - Eh ! mon Dieu ! qu'y a-t-il, monsieur le curé ? "

" - Il y a, me dit-il, madame, que vous voyez l'homme le plus embarrassé qu'il y ait au monde. Voilà plus de cinquante ans que je suis dans le saint ministère, et je n'ai jamais été chargé d'une commission plus délicate et que je comprisse moins que celle que j'ai à vous faire..."

" Et il s'assit, me demanda de faire fermer ma porte tout le temps de notre entretien. Vous sentez bien que toutes ces solennités m'effrayaient un peu... Il s'en aperçut.

" - Ne vous effrayez pas à ce point, madame, reprit-il " vous avez besoin de tout votre sang-froid pour m'écouter et pour me faire comprendre, à moi, la chose inouïe dont il s'agit, et qu'en vérité je ne puis admettre... Mademoiselle votre fille, de la part de qui je viens, est, vous le savez comme moi, un ange de pureté et de piété. Je connais son âme. Je la tiens dans mes mains depuis son âge de sept ans, et je suis persuadé qu'elle se trompe... à force d'innocence peut-être... Mais, ce matin, elle est venue me déclarer"en confession qu'elle était, vous ne le croirez pas, madame, ni moi non plus, mais il faut bien dire le mot... enceinte ! "

" Je poussai un cri...

" - J'en ai poussé un comme vous dans mon confessionnal, ce matin, reprit le curé, à cette déclaration faite par elle avec toutes les marques du désespoir le plus sincère et le plus affreux ! Je sais à fond cette enfant. Elle ignore tout de la vie et du péché... C'est certainement de toutes les jeunes filles que je confesse celle dont je répondrais le plus devant Dieu. Voilà tout ce que je puis vous dire !

"Nous sommes, nous autres prêtres, les chirurgiens des âmes, et il nous faut les accoucher des hontes qu'elles dissimulent, avec des mains qui ne les blessent ni ne les tachent. Je l'ai donc, avec toutes les précautions possibles, interrogée, questionnée, pressée de questions, cette enfant au désespoir, mais qui, une fois la chose dite, la faute avouée, qu'elle appelle un crime et sa damnation éternelle, car elle se croit damnée, la pauvre fille ! ne m'a plus répondu et s'est obstinément renfermée dans un silence qu'elle n'a rompu que pour me supplier de venir vous trouver, madame, et de vous apprendre son crime, - car il faut bien que sa maman le sache, a-t-elle dit, et jamais je n'aurai la force de le lui avouer ! "

“ J'écoutais le curé de Saint-Germain-des-Près. Vous vous doutez bien avec quel mélange de stupéfaction et d'anxiété ! Comme lui et encore plus que lui, je croyais être sûre de l'innocence de ma fille ; mais les innocents tombent souvent, même par innocence... Et ce qu'elle avait dit à son confesseur n'était pas impossible... Je n'y croyais pas... Je ne voulus pas y croire ; mais cependant ce n'était pas impossible !... Elle n'avait que treize ans, mais elle était une femme, et cette précocité même m'avait effrayée... Une fièvre, un transport de curiosité me saisit.

“- Je veux et je vais tout savoir ! ” dis-je à ce bonhomme de prêtre, ahuri devant moi et qui, en m'écoutant, débordait d'embarras son chapeau. “ Laissez-moi, monsieur le curé. Elle ne parlerait pas devant vous. Mais je suis sûre qu'elle me dira tout... que je lui arracherai tout, et que nous comprendrons alors ce qui est maintenant incompréhensible! ”

“ Et le prêtre s'en alla là-dessus, - et dès qu'il fut parti, je montai chez ma fille, n'ayant pas la patience de la faire demander et de l'attendre.

“ Je la trouvai devant le crucifix de son lit, pas agenouillée, mais prosternée, pâle comme une morte, les yeux secs, mais très rouges, comme des yeux qui ont beaucoup pleuré.

Je la pris dans mes bras, l'assis près de moi, puis sur mes genoux, et je lui dis que je ne pouvais pas croire ce que venait de m'apprendre son confesseur.

“ Mais elle m'interrompit pour m'assurer avec des navrements de voix et de physionomie que c'était vrai, ce qu'il avait dit, et c'est alors que, de plus en plus inquiète et étonnée, je lui demandai le nom de celui qui...

“ Je n'achevai pas... Ah ! ce fut le moment terrible ! Elle se cacha la tête et le visage sur mon épaule... mais je voyais le ton de feu de son cou, par-derrière, et je la sentais frissonner. Le silence qu'elle avait opposé à son confesseur, elle me l'opposa. C'était un mur.

“ - Il faut que ce soit quelqu'un bien au-dessous de toi, puisque tu as tant de honte ?... ” lui dis-je, pour la faire parler en la révoltant, car je la savais orgueilleuse.

“ Mais c'était toujours le même silence, le même engloutissement de sa tête sur mon épaule. Cela dura un temps qui me parut infini, quand tout à coup elle me dit sans se soulever : Jure-moi que tu me pardonneras, maman. ”

“ Je lui jurai tout ce qu'elle voulut, au risque d'être cent fois parjure ; je m'en souciais bien ! Je m'impatientais. Je bouillais... Il me semblait que mon front allait éclater et laisser échapper ma cervelle...

“ - Eh bien, c'est M. de Ravila ”, fit-elle d'une voix basse ; et elle resta comme elle étaitdans mes bras.

“ Ah ! l'effet de ce nom, Amédée ! Je recevais d'un seul coup, en plein coeur, la punition de la grande faute de ma vie ! Vous êtes, en fait de femmes, un homme si terrible, vous m'avez fait craindre tant de rivalités, que l'horrible “ pourquoi pas ? ” dit à propos de l'homme qu'on aime et dont on doute, se leva en moi... Ce que j'éprouvais, j'eus la force de le cacher à cette cruelle enfant, qui avait peut-être deviné l'amour de sa mère.

" - M, de Ravila ! fis-je avec une voix qui me semblait dire tout, mais tu ne lui parles jamais ? - Tu le fuis, j'allais ajouter, car la colère commençait ; je la sentais venir...

" Vous êtes donc bien faux tous les deux ? " Mais je réprimai cela... Ne fallait-il pas que je susse les détails, un par un, de cette horrible séduction ?... Et je les lui demandai avec une douceur dont je crus mourir, quand elle m'ôta de cet étau, de ce supplice, en me disant naïvement :

" - Mère, c'était un soir. Il était dans le grand fauteuil qui est au coin de la cheminée, en face de la causeuse. Il y resta longtemps, puis il se leva, et moi j'eus le malheur d'aller m'asseoir après lui dans ce fauteuil qu'il avait quitté. Oh ! maman !... c'est comme si j'étais tombée dans du feu. Je voulais me lever, je ne pus pas... le coeur me manqua! et je sentis... tiens ! là, maman... que ce que j'avais.., c'était un enfant !... "

La marquise avait ri, dit Ravila, quand elle lui avait raconté cette histoire ; mais aucune des douze femmes qui étaient autour de cette table ne songea à rire, - ni Ravila non plus.

" Et voilà, mesdames, croyez-le, si vous voulez, ajouta-t-il en forme de conclusion, le plus bel amour que j'aie inspiré de ma vie ! " Et il se tut, elles aussi. Elles étaient pensives... L'avaient-elles compris '?

Lorsque Joseph était esclave chez Mme Putiphar, il était si beau, dit le Koran, que, de rêverie, les femmes qu'il servait à table se coupaient les doigts avec leurs couteaux, en le regardant. Mais nous ne sommes plus au temps de Joseph, et les préoccupations qu'on a au dessert sont moins fortes.

" Quelle grande bête, avec tout son esprit que votre marquise, pour avoir dit pareille chose ! " fit la duchesse, qui se permit d'être cynique, mais qui ne se coupa rien du tout avec le couteau d'or qu'elle tenait toujours à la main.

La comtesse de Chiffrevas regardait attentivement dans le fond d'un verre de vin du Rhin, en cristal émeraude, mystérieux comme sa pensée.

" Et la petite masque ? demanda-t-elle.

- Oh ! elle était morte, bien jeune et mariée en province, quand sa mère me raconta cette histoire, répondit Ravila.

- Sans cela !... " fit la duchesse songeuse

Le meilleur régal du diable, c'est une

innocence.

(A.)

“ Il vit donc toujours, ce vieux mauvais sujet ?

- Par Dieu ! s'il vit ! et par l'ordre de Dieu, madame, fis-je me reprenant, car je me souvins qu'elle était dévote, et de la paroisse de Sainte-Clotilde encore, la paroisse des ducs! - Le roi est mort ! Vive le roi ! disait-on sous l'ancienne monarchie avant qu'elle fût cassée, cette vieille porcelaine de Sèvres. Don Juan, lui, malgré toutes les démocraties, est un monarque qu'on ne cassera pas.

- Au fait, le diable est immortel ! dit-elle comme une raison qu'elle se serait donnée.

- Il a même...

- Qui ?.., le diable ?...

- Non, Don Juan... soupé, il y a trois jours, en goguette.

Devinez où ?...

- A votre affreuse Maison-d'or, sans doute...

- Fi donc, madame ! Don Juan n'y va plus... il n'y a rien là à fricasser pour sa grandesse. Le seigneur Don Juan a toujours été un peu comme ce fameux moine d'Arnaud de Brescia qui, racontent les Chroniques, ne vivait que du sang des âmes. C'est avec cela qu'il aime à roser son vin de Champagne, et cela ne se trouve plus depuis longtemps dans le cabaret des cocottes !

- Vous verrez, reprit-elle avec ironie, qu'il aura soupé au couvent des Bénédictins, avec ces dames...

- De l'Adoration perpétuelle, oui, madame ! Car l'adoration qu'il a inspirée une fois, ce diable d'homme ! me fait l'effet de durer toujours.

- Pour un catholique, je vous trouve profanant, dit-elle lentement, mais un peu crispée, et je vous prie de m'épargner le détail des soupers de vos coquines, si c'est une manière inventée par vous de m'en donner des nouvelles que de me parler, ce soir, de Don Juan.

- Je n'invente rien, madame. Les coquines du souper en question, si ce sont des coquines, ne sont pas les miennes... malheureusement...

- Assez, monsieur !

- Permettez-moi d'être modeste. C'étaient...

- Les mille è tré ?... fit-elle, curieuse, se ravisant, presque revenue à l'amabilité.

- Oh ! pas toutes, madame... Une douzaine seulement.

C'est déjà, comme cela, bien assez honnête...

- Et déshonnête aussi, ajouta-t-elle.

- D'ailleurs, vous savez aussi bien que moi qu'il ne peut pas tenir beaucoup de monde dans le boudoir de la comtesse de Chiffrevas. On a pu y faire des choses grandes ; mais il est fort petit, ce boudoir...

- Comment ? se récria-t-elle, étonnée. C'est donc dans le boudoir qu'on aura soupé ?...

- Oui, madame, c'est dans le boudoir. Et pourquoi pas ?

On dîne bien sur un champ de bataille. On voulait donner un souper extraordinaire au seigneur Don Juan et c'était plus digne de lui de le lui donner sur le théâtre de sa gloire, là où les souvenirs fleurissent à la place des orangers. Jolie idée, tendre et mélancolique ! Ce n'était pas le bal des victimes ; c'en était le souper.

- Et Don Juan ? dit-elle, comme Orgon dit : " Et Tartuffe ? " dans la pièce.

- Don Juan a fort bien pris la chose et très bien soupé, Lui, tout seul, devant elles ! dans la personne de quelqu'un que vous connaissez... et qui n'est pas moins que le comte Jules-Amédée-Hector de Ravila de Ravilès.

- Lui ! C'est bien, en effet, Don Juan ", dit-elle.

Et quoiqu'elle eût passé l'âge de la rêverie, cette dévote à bec et à ongles, elle se mit à rêver au comte Jules-Amédée-Hector, - à cet homme de race Juan, - de cette antique race Juan éternelle, à qui Dieu n'a pas donné le monde, mais a permis au diable de le lui donner.

Ce que je venais de dire à la vieille marquise Guy de Ruy était l'exacte vérité. Il y avait trois jours à peine qu'une douzaine de femmes du vertueux faubourg Saint-Germain (qu'elles soient bien tranquilles, je ne les nommerai pas !) lesquelles, toutes les douze, selon les douairières du commérage, avaient été du dernier bien (vieille expression charmante) avec le comte Ravila de Ravilès, s'étaient prises de l'idée singulière de lui offrir à souper, - à lui seul d'homme- pour fêter... quoi? elles ne le disaient pas. C'était hardi, qu'un tel souper ; mais les femmes, lâches individuellement, en troupe sont audacieuses. Pas une peut-être de ce souper féminin n'aurait osé l'offrir chez elle, en tête-à-tête, au comte Jules-Amédée-Hector ; mais ensemble, et s'épaulant toutes, les unes par les autres, elles n'avaient pas craint de faire la chaîne du baquet de Mesmer autour de cet homme magnétique et compromettant, le comte de Ravila de Ravilès...

- Quel nom !

- Un nom providentiel, madame... " Le comte de Ravila de Ravilès, qui, par parenthèse, avait toujours obéi à la consigne de ce nom impérieux, était bien l'incarnation de tous les séducteurs dont il est parlé dans les romans et dans l'histoire, et la marquise Guy de Ruy - une vieille mécontente ; aux yeux bleus, froids et affilés, mais moins froids que son coeur et moins affilés que son esprit. - convenait elle-même que, dans ce temps, où la question des femmes perd chaque jour de son importance, s'il y avait quelqu'un qui pût rappeler Don Juan, à coup sûr ce devait être lui ! Malheureusement, c'était Don Juan au cinquième acte. Le prince de Ligne ne pouvait faire entrer dans sa spirituelle tête qu'Alcibiade eût jamais eu cinquante ans. Or, par ce côté-là encore, le comte de Ravila allait continuer toujours Alcibiade. Comme d'Orsay, ce dandy taillé dans le bronze de Michel-Ange, qui fut beau jusqu'à sa dernière heure, Ravila avait eu cette beauté particulière à la race Juan. - à cette mystérieuse race qui ne procède pas de père en fils, comme les autres, mais qui apparaît çà et là, à de certaines distances, dans les familles de l'humanité.

C'était la vraie beauté. - la beauté insolente, joyeuse, impériale, juanesque enfin ; le mot dit tout et dispense de la description ; et - avait-il fait un pacte avec le diable ? il l'avait toujours... Seulement, Dieu retrouvait son compte ; les griffes de tigre de la vie commençaient à lui rayer ce front divin, couronné des roses de tant de lèvres, et sur ses larges tempes impies apparaissaient les premiers cheveux blancs qui annoncent l'invasion prochaine des Barbares et la fin de l'Empire... Il les portait, du reste, avec l'impassibilité de l'orgueil surexcité par la puissance ; mais les femmes qui l'avaient aimé les regardaient parfois avec mélancolie. Qui sait ? elles regardaient peut-être l'heure qui était pour elles à ce front? Hélas, pour elles comme pour lui, c'était l'heure du terrible souper avec le froid Commandeur de marbre blanc, après lequel il n'y a plus que l'enfer, l'enfer de la vieillesse, en attendant l'autre ! Et voilà pourquoi peut-être, avant de partager avec lui ce souper amer et suprême, elles pensèrent à lui offrir le leur et qu'elles en firent un chef-d'oeuvre.

Oui, un chef-d'oeuvre de goût, de délicatesse, de luxe patricien, de recherche, de jolies idées ; le plus charmant, le plus délicieux, le plus friand, le plus capiteux, et surtout le plus original des soupers. Original! pensez donc ! C'est ordinairement la joie, la soif de s'amuser qui donne à souper ; mais ici, c'était le souvenir, c'était le regret, c'était presque le désespoir, mais le désespoir en toilette, caché sous des sourires ou sous des rires, et qui voulait encore cette fête ou cette folie dernière, encore cette escapade vers la jeunesse revenue pour une heure, encore cette griserie, pour qu'il en fût fait à jamais !...

Les Amphitryonnes de cet incroyable souper, si peu dans les moeurs trembleuses de la société à laquelle elles appartenaient, durent y éprouver quelque chose de ce que Sardanapale ressentit sur son bûcher, quand il entassa, pour périr avec lui, ses femmes, ses esclaves, ses chevaux, ses bijoux, toutes les opulences de sa vie. Elles, aussi, entassèrent à ce souper brûlant toutes les opulences de la leur. Elles y apportèrent tout ce qu'elles avaient de beauté, d'esprit, de ressources, de parure, de puissance, pour les verser, en une seule fois, en ce suprême flamboiement.

L'homme devant lequel elles s'enveloppèrent et se drapèrent dans cette dernière flamme, était plus à leurs yeux qu'aux yeux de Sardanapale toute l'Asie. Elles furent coquettes pour lui comme jamais femmes ne le furent pour aucun homme, comme jamais femmes ne le furent pour un salon plein ; et cette coquetterie, elles l'embrasèrent de cette jalousie qu'on cache dans le monde et qu'elles n'avaient point besoin de cacher, car elles savaient toutes que cet homme avait été à chacune d'elles, et la honte partagée n'en est plus... C'était, parmi elles toutes, à qui graverait le plus avant son épitaphe dans son coeur.

Lui, il eut, ce soir-là, la volupté repue, souveraine, nonchalante, dégustatrice du confesseur de nonnes et de sultans.

Assis comme un roi - comme le maître - au milieu de la table, en face de la comtesse de Chiffrevas, dans ce boudoir fleur de pêcher ou de... péché (on n'a jamais bien su l'orthographe de la couleur de ce boudoir), le comte de Ravila embrassait de ses yeux, bleu d'enfer, que tant de pauvres créatures avaient pris pour le bleu du ciel, ce cercle rayonnant de douze femmes, mises avec génie, et qui, à cette table, chargée de cristaux, de bougies allumées et de fleurs, étalaient, depuis le vermillon de la rose ouverte jusqu'à l'or adouci de la grappe ambrée, toutes les nuances de la maturité.

Il n'y avait pas là de ces jeunesses vert tendre, de ces petites demoiselles qu'exécrait Byron, qui sentent la tartelette et qui, par la tournure, ne sont encore que des épluchettes, mais tous étés splendides et savoureux, plantureux automnes, épanouissements et plénitudes, seins éblouissants battant leur plein majestueux au bord découvert des corsages, et, sous les camées de l'épaule nue, des bras de tout galbe, mais surtout des bras puissants, de ces biceps de Sabines qui ont lutté avec les Romains, et qui seraient capables de s'entrelacer, pour l'arrêter, dans les rayons de la roue du char de la vie.

J'ai parlé d'idées. Une des plus charmantes de ce souper avait été de le faire servir par des femmes de chambre, pour qu'il ne fût pas dit que rien eût dérangé l'harmonie d'une fête dont les femmes étaient les seules reines, puisqu'elles en faisaient les honneurs... Le seigneur Don Juan - branche de Ravila - put donc baigner ses fauves regards dans une mer de chairs lumineuses et vivantes comme Rubens en met dans ses grasses et robustes peintures, mais il put plonger aussi son orgueil dans l'éther plus ou moins limpide, plus ou moins troublé de tous ces coeurs. C'est qu'au fond, et malgré tout ce qui pourrait empêcher de le croire, c'est un rude spiritualiste que Don Juan ! Il l'est comme le démon lui-même, qui aime les âmes encore plus que les corps, et qui fait même cette traite-là de préférence à l'autre, le négrier infernal !

Spirituelles, nobles, du ton le plus faubourg Saint-Germain, mais ce soir-là hardies comme des pages de la maison du roi quand il y avait une maison du roi et des pages, elles furent d'un étincellement d'esprit, d'un mouvement, d'une verve et d'un brio incomparables. Elles s'y sentirent supérieures à tout ce qu'elles avaient été dans leurs plus beaux soirs. Elles y jouirent d'une puissance inconnue qui se dégageait du fond d'elles-mêmes, et dont jusque-là elles ne s'étaient jamais doutées.

Le bonheur de cette découverte, la sensation des forces triplées de la vie ; de plus, les influences physiques, si décisives sur les êtres nerveux, l'éclat des lumières, l'odeur pénétrante de toutes ces fleurs qui se pâmaient dans l'atmosphère chauffée par ces beaux corps aux effluves trop forts pour elles, l'aiguillon des vins provocants, l'idée de ce souper qui avait justement le mérite piquant du péché que la Napolitaine demandait à son sorbet pour le trouver exquis, la pensée enivrante de la complicité dans ce petit crime d'un souper risqué, oui ! mais qui ne versa pas vulgairement dans le souper régence ; qui resta un souper faubourg Saint-Germain et XIXe siècle, et où de tous ces adorables corsages, doublés de coeurs qui avaient vu le feu et qui aimaient à l'agacer encore, pas une épingle ne tomba ; - toutes ces choses enfin, agissant à la fois, tendirent la harpe mystérieuse que toutes ces merveilleuses organisations portaient en elles, aussi fort qu'elle pouvait être tendue sans se briser, et elles arrivèrent à des octaves sublimes, à d'inexprimables diapasons... Ce dut être curieux, n'est-ce pas ? Cette page inouïe de ses Mémoires, Ravila l'écrira-t-il un jour ?... C'est une question, mais lui seul peut l'écrire... Comme je le dis à la marquise Guy de Ruy, je n'étais pas à ce souper, et si j'en vais rapporter quelques détails et l'histoire par laquelle il finit, c'est que je les tiens de Ravila lui-même, qui, fidèle à l'indiscrétion traditionnelle et caractéristique de la race Juan, prit la peine, un soir, de me les raconter.

Il était donc tard, - c'est-à-dire tôt ! Le matin venait.

Contre le plafond et à une certaine place des rideaux de soie rose du boudoir, hermétiquement fermés, on voyait poindre et rondir une goutte d'opale, comme un oeil grandissant, l'oeil du jour curieux qui aurait regardé par là ce qu'on faisait dans ce boudoir enflammé. L'alanguissement commençait à prendre les chevalières de cette Table-Ronde, ces soupeuses, si animées il n'y avait qu'un moment. On connaît ce moment-là de tous les soupers où la fatigue de l'émotion et de la nuit passée semble se projeter sur tout, sur les coiffures qui s'affaissent, les joues vermillonnées ou pâlies qui brûlent, les regards lassés dans les yeux cernés qui s'alourdissent, et même jusque sur les lumières élargies et rampantes des mille bougies des candélabres, ces bouquets de feu aux tiges sculptées de bronze et d'or.

La conversation générale, longtemps faite d'entrain, partie de volant où chacun avait allongé son coup de raquette, s'était fragmentée, émiettée, et rien de distinct ne s'entendait plus dans le bruit harmonieux de toutes ces voix, aux timbres aristocratiques, qui se mêlaient et babillaient comme les oiseaux, à l'aube, sur la lisière d'un bois... quand l'une d'elles, - une voix de tête, celle-là ! - impérieuse et presque impertinente, comme doit l'être une voix de duchesse, dit tout à coup, par-dessus toutes les autres, au comte de Ravila, ces paroles qui étaient sans doute la suite et la conclusion d'une conversation, à voix basse, entre eux deux, que personne de ces femmes, qui causaient, chacune avec sa voisine, n'avait entendue :

“ Vous qui passez pour le Don Juan de ce temps-ci, vous devriez nous raconter l'histoire de la conquête qui a le plus flatté votre orgueil d'homme aimé et que vous jugez, à cette lueur du moment présent, le plus bel amour de votre vie ?... ”

Et la question, autant que la voix qui parlait, coupa nettement dans le bruit toutes ces conversations éparpillées et fit subitement le silence.

C'était la voix de la duchesse de ***. - Je ne lèverai pas son masque d'astérisques ; mais peut-être la reconnaîtrez-vous, quand je vous aurai dit que c'est la blonde la plus pâle de teint et de cheveux, et les yeux les plus noirs sous ses longs sourcils d'ambre, de tout le faubourg Saint-Germain. Elle était assise, comme un juste à la droite de Dieu, à la droite du comte de Ravila, le dieu de cette fête, qui ne réduisait pas alors ses ennemis à lui servir de marchepied ; mince et idéale comme une arabesque et comme une fée, dans sa robe de velours vert aux reflets d'argent, dont la longue traîne se tordait autour de sa chaise, et figurait assez bien la queue de serpent par laquelle se terminait la croupe charmante de Mélusine.

" C'est là une idée ! fit la comtesse de Chiffrevas, comme pour appuyer, en sa qualité de maîtresse de maison, le désir et la motion de la duchesse, oui, l'amour de tous les amours, inspirés ou sentis, que vous voudriez le plus recommencer, si c'était possible.

- Oh ! je voudrais les recommencer tous ! " fit Ravila avec cet inassouvissement d'Empereur romain qu'ont parfois ces blasés immenses. Et il leva son verre de champagne, qui n'était pas la coupe bête et païenne par laquelle on l'a remplacé, mais le verre élancé et svelte de nos ancêtres, qui est le vrai verre de champagne - celui-là qu'on appelle une flûte, peut-être à cause des célestes mélodies qu'il nous verse souvent au coeur ! - Puis il étreignit d'un regard circulaire toutes ces femmes qui formaient autour de la table une si magnifique ceinture. " Et cependant ", ajouta-t-il en replaçant son verre devant lui avec une mélancolie étonnante pour un tel Nabuchodonosor qui n'avait encore mangé d'herbe que les salades à l'estragon du café anglais, " et cependant c'est la vérité, qu'il y en a un entre tous les sentiments de la vie, qui rayonne toujours dans le souvenir plus fort que les autres, à mesure que la vie s'avance, et pour lequel on les donnerait tous !

- Le diamant de l'écrin, dit la comtesse de Chiffrevas songeuse, qui regardait peut-être dans les facettes du sien.

- ... Et de la légende de mon pays, reprit à son tour la princesse Jable... qui est du pied des monts Ourals, - ce fameux et fabuleux diamant, rose d'abord, qui devient noir ensuite, mais qui reste diamant, plus brillant encore noir que rose... " Elle dit cela avec le charme étrange qui est en elle, cette Bohémienne ! car c'est une Bohémienne, épousée par amour par le plus beau prince de l'émigration polonaise, et qui a l'air aussi princesse que si elle était née sous les courtines des Jagellons.

Alors, ce fut une explosion ! " Oui, firent-elles toutes. Dites-nous cela, comte ! " ajoutèrent-elles passionnément, suppliantes déjà, avec les frémissements de la curiosité, jusque dans les frisons de leurs cous, par-derrière ; se tassant, épaule contre épaule ; les unes la joue dans la main, le coude sur la table ; les autres renversées au dossier des chaises, l'éventail déplié sur la bouche ; le fusillant toutes de leurs yeux émerillonnés et inquisiteurs.

" Si vous le voulez absolument..., dit le comte, avec la nonchalance d'un homme qui sait que l'attente exaspère le désir.

- Absolument ! dit la duchesse en regardant comme un despote turc aurait regardé le fil de son sabre - le fil d'or de son couteau de dessert.

- Ecoutez donc ", acheva-t-il, toujours nonchalant.

Elles se fondaient d'attention, en le regardant. Elles le buvaient et le mangeaient des yeux. Toute histoire d'amour intéresse les femmes ; mais qui sait ? peut-être le charme de celle-ci était-il, pour chacune d'elles, la pensée que l'histoire qu'il allait raconter pouvait être la sienne... Elles le savaient trop gentilhomme et de trop grand monde pour n'être pas sûres qu'il sauverait les noms et qu'il épaissirait, quand il le faudrait, les détails par trop transparents ; et cette idée, cette certitude leur faisait d'autant plus désirer l'histoire. Elles en avaient mieux que le désir : elles en avaient l'espérance.

Leur vanité se trouvait des rivales dans ce souvenir évoqué comme le plus beau souvenir de la vie d'un homme, qui devait en avoir de si beaux et de si nombreux ! Le vieux sultan allait jeter une fois de plus le mouchoir... que nulle main ne ramasserait, mais que celle à qui il serait jeté sentirait tomber silencieusement sur son coeur...

Or voici, avec ce qu'elles croyaient, le petit tonnerre inattendu qu'il fit passer sur tous ces fronts écoutants :

“ J'ai ouï dire souvent à des moralistes, grands expérimentateurs de la vie, dit le comte de Ravila, que le plus fort de tous nos amours n'est ni le premier, ni le dernier, comme beaucoup le croient ; c'est le second. Mais en fait d'amour, tout est vrai et tout est faux, et, du reste, cela n'aura pas été pour moi... Ce que vous me demandez, mesdames, et ce que j'ai, ce soir, à vous raconter, remonte au plus bel instant de ma jeunesse. Je n'étais plus précisément un homme jeune, et, comme disait un vieil oncle à moi, chevalier de Malte, pour désigner cette époque de la vie, “ j'avais fini mes caravanes ”. En pleine force donc, je me trouvais en pleine relation aussi, comme on dit si joliment en Italie, avec une femme que vous connaissez toutes et que vous avez toutes admirée... ” Ici le regard que se jetèrent en même temps, chacune à toutes les autres, ce groupe de femmes qui aspiraient les paroles de ce vieux serpent, fut quelque chose qu'il faut avoir vu, c'est inexprimable.

“ Cette femme était bien, continua Ravila, tout ce que vous pouvez imaginer de plus distingué, dans tous les sens que l'on peut donner à ce mot. Elle était jeune, riche, d'un nom superbe, belle, spirituelle, d'une large intelligence d'artiste, et naturelle avec cela, comme on l'est dans votre monde, quand on l'est... D'ailleurs, n'ayant, dans ce monde-là, d'autre prétention que celle de me plaire et de se dévouer ; que de me paraître la plus tendre des maîtresses et la meilleure des amies.

“ Je n'étais pas, je crois, le premier homme qu'elle eût aimé... Elle avait déjà aimé une fois, et ce n'était pas son mari ; mais c'avait été vertueusement, platoniquement, utopiquement, de cet amour qui exerce le coeur plus qu'il ne le remplit ; qui en prépare les forces pour un autre amour qui doit toujours bientôt le suivre ; de cet amour d'essai, enfin, qui ressemble à la messe blanche que disent les jeunes prêtres pour s'exercer à dire, sans se tromper, la vraie messe, la messe consacrée... Lorsque j'arrivai dans sa vie, elle n'en était encore qu'à la messe blanche. C'est moi qui fus la véritable messe, et elle la dit alors avec toutes les cérémonies de la chose et somptueusement, comme un cardinal. ”

A ce mot-là, le plus joli rond de sourires tourna sur ces douze délicieuses bouches attentives, comme une ondulation circulaire sur la surface limpide d'un lac... Ce fut rapide, mais ravissant !

“ C'était vraiment un être à part ! reprit le comte. J'ai vu rarement plus de bonté vraie, plus de pitié, plus de sentiments excellents, jusque dans la passion qui, comme vous le savez, n'est pas toujours bonne. Je n'ai jamais vu moins de manège, moins de pruderie et de coquetterie, ces deux choses si souvent emmêlées dans les femmes, comme un écheveau dans lequel la griffe du chat aurait passé... Il n'y avait point de chat en celle-ci... Elle était ce que ces diables de faiseurs de livres, qui nous empoisonnent de leurs manières de parler, appelleraient une nature primitive, parée par la civilisation ; mais elle n'en avait que les luxes charmants, et pas une seule de ces petites corruptions qui nous paraissent encore plus charmantes que ces luxes...

- Était-elle brune ? interrompit tout à coup et à brûle-pourpoint la duchesse, impatientée de toute cette métaphysique.

- Ah ! vous n'y voyez pas assez clair ! dit Ravila finement. Oui, elle était brune, brune de cheveux jusqu'au noir le plus jais, le plus miroir d'ébène que j'aie jamais vu reluire sur la voluptueuse convexité lustrée d'une tête de femme, mais elle était blonde de teint, - et c'est au teint et non aux cheveux qu'il faut juger si on est brune ou blonde, - ajouta le grand observateur, qui n'avait pas étudié les femmes seulement pour en faire des portraits.

- C'était une blonde aux cheveux noirs... " Toutes les têtes blondes de cette table, qui ne l'étaient, elles, que de cheveux, firent un mouvement imperceptible.

Il était évident que pour elles l'intérêt de l'histoire diminuait déjà.

" Elle avait les cheveux de la Nuit, reprit Ravila, mais sur le visage de l'Aurore, car son visage resplendissait de cette fraîcheur incarnadine, éblouissante et rare, qui avait résisté à tout dans cette vie nocturne de Paris dont elle vivait depuis des années, et qui brûle tant de roses à la flamme de ses candélabres. Il semblait que les siennes s'y fussent seulement embrasées, tant sur ses joues et sur ses lèvres le carmin en était presque lumineux ! Leur double éclat s'accordait bien, du reste, avec le rubis qu'elle portait habituellement sur le front, car, dans ce temps-là, on se coiffait en ferronnière, ce qui faisait dans son visage, avec ses deux yeux incendiaires dont la flamme empêchait de voir la couleur, comme un triangle de trois rubis! Élancée, mais robuste, majestueuse même, taillée pour être la femme d'un colonel de cuirassiers, - son mari n'était alors chef d'escadron que dans la cavalerie légère, - elle avait, toute grande dame qu'elle fût, la santé d'une paysanne qui boit du soleil par la peau, et elle avait aussi l'ardeur de ce soleil bu, autant dans l'âme que dans les veines, - oui, présente et toujours prête... Mais voici où l'étrange commençait ! Cet être puissant et ingénu, cette nature purpurine et pure comme le sang qui arrosait ses belles joues et rosait ses bras, était.., le croirez-vous ? maladroite aux caresses... " Ici quelques yeux se baissèrent, mais se relevèrent, malicieux...

" Maladroite aux caresses comme elle était imprudente dans la vie, continua Ravila, qui ne pesa pas plus que cela sur le renseignement. Il fallait que l'homme qu'elle aimait lui enseignât incessamment deux choses qu'elle n'a jamais apprises, du reste... à ne pas se perdre vis-à-vis d'un monde toujours armé et toujours implacable, et à pratiquer dans l'intimité le grand art de l'amour, qui empêche l'amour de mourir. Elle avait cependant l'amour ; mais l'art de l'amour lui manquait... C'était le contraire de tant de femmes qui n'en ont que l'art ! Or, pour comprendre et appliquer la politique du Prince, il faut être déjà Borgia, Borgia précède Machiavel. L'un est poète ; l'autre, le critique. Elle n'était nullement Borgia. C'était une honnête femme amoureuse, naïve, malgré sa colossale beauté, comme la petite fille du dessus de porte qui, ayant soif, veut prendre dans sa main de l'eau de la fontaine, et qui, haletante, laisse tout tomber à travers ses doigts, et reste confuse...

" C'était presque joli, du reste, que le contraste de cette confusion et de cette gaucherie avec cette grande femme passionnée, qui, à la voir dans le monde, eût trompé tant d'observateurs, - qui avait tout de l'amour, même le bonheur, mais qui n'avait pas la puissance de le rendre comme on le lui donnait. Seulement je n'étais pas alors assez contemplateur pour me contenter de ce joli d'artiste, et c'est même la raison qui, à certains jours, la rendait inquiète, jalouse et violente, - tout ce qu'on est quand on aime, et elle aimait ! - Mais, jalousie, inquiétude, violence, tout cela mourait dans l'inépuisable bonté de son coeur, au premier mal qu'elle voulait ou qu'elle croyait faire, maladroite à la blessure comme à la caresse ! Lionne, d'une espèce inconnue, qui s'imaginait avoir des griffes, et qui, quand elle voulait les allonger, n'en trouvait jamais dans ses magnifiques pattes de velours. C'est avec du velours qu'elle égratignait !

- Où va-t-il en venir? dit la comtesse de Chiffrevas à sa voisine, car, vraiment, ce ne peut pas être là le plus bel amour de Don Juan ! " Toutes ces compliquées ne pouvaient croire à cette simplicité ?

" Nous vivions donc, dit Ravila, dans une intimité qui avait parfois des orages, mais qui n'avait pas de déchirements, et cette intimité n'était, dans cette ville de province qu'on appelle Paris, un mystère pour personne... La marquise... elle était marquise... " Il y en avait trois à cette table, et brunes de cheveux aussi. Mais elles ne cillèrent pas. Elles savaient trop que ce n'était pas d'elles qu'il parlait... Le seul velours qu'elles eussent, à toutes les trois, était sur la lèvre supérieure de l'une d'elles, - lèvre voluptueusement estompée, qui, pour le moment, je vous jure, exprimait pas mal de dédain.

" ... Et marquise trois fois, comme les pachas peuvent être pachas à trois queues ! continua Ravila, à qui la verve venait.

La marquise était de ces femmes qui ne savent rien cacher et qui, quand elles le voudraient, ne le pourraient pas. Sa fille même, une enfant de treize ans, malgré son innocence, ne s'apercevait que trop du sentiment que sa mère avait pour moi. Je ne sais quel poète a demandé ce que pensent de nous les filles dont nous avons aimé les mères. Question profonde ! que je me suis souvent faite quand je surprenais le regard d'espion, noir et menaçant, embusqué sur moi, du fond des grands yeux sombres de cette fillette. Cette enfant, d'une réserve farouche, qui le plus souvent quittait le salon quand je venais et qui se mettait le plus loin possible de moi quand elle était obligée d'y rester, avait pour ma personne une horreur presque convulsive... qu'elle cherchait à cacher en elle, mais qui, plus forte qu'elle, la trahissait...

Cela se révélait dans d'imperceptibles détails, mais dont pas un ne m'échappait. La marquise, qui n'était pourtant pas une observatrice, me disait sans cesse : " Il faut prendre garde, " mon ami. Je crois ma fille jalouse de vous... "

" J'y prenais garde beaucoup plus qu'elle.

" Cette petite aurait été le diable en personne, je l'aurais bien défiée de lire dans mon jeu... Mais le jeu de sa mère était transparent. Tout se voyait dans le miroir pourpre de ce visage, si souvent troublé ! A l'espèce de haine de la fille, je ne pouvais m'empêcher de penser qu'elle avait surpris le secret de sa mère à quelque émotion exprimée, dans quelque regard trop noyé, involontairement, de tendresse. C'était, si vous voulez le savoir, une enfant chétive, parfaitement indigne du moule splendide d'où elle était sortie, laide, même de l'aveu de sa mère, qui ne l'en aimait que davantage ; une petite topaze brûlée... que vous dirai-je ? une espèce de maquette en bronze, mais avec des yeux noirs... Une magie !

Et qui, depuis... " Il s'arrêta après cet éclair... comme s'il avait voulu l'éteindre et qu'il en eût trop dit... L'intérêt était revenu général, perceptible, tendu, à toutes les physionomies, et la comtesse avait dit même entre ses belles dents le mot de l'impatience éclairée : " Enfin ! "

" Dans les commencements de ma liaison avec sa mère, reprit le comte de Ravila, j'avais eu avec cette petite fille toutes les familiarités caressantes qu'on a avec tous les enfants... Je lui apportais des sacs de dragées. Je l'appelais " petite masque ", et très souvent, en causant avec sa mère, je m'amusais à lui lisser son bandeau sur la tempe, - un bandeau de cheveux malades, noirs, avec des reflets d'amadou, - mais

" la petite masque ", dont la grande bouche avait un joli sourire pour tout le monde, recueillait, repliait son sourire pour moi, fronçait âprement ses sourcils, et, à force de se crisper, devenait d'une " petite masque " un vrai masque ridé de cariatide humiliée, qui semblait, quand ma main passait sur son front, porter le poids d'un entablement sous ma main.

" Aussi bien, en voyant cette maussaderie toujours retrouvée à la même place et qui semblait une hostilité, j'avais fini par laisser là cette sensitive, couleur de souci, qui se rétractait si violemment au contact de la moindre caresse...

et je ne lui parlais même plus ! " Elle sent bien que vous la " volez, me disait la marquise. Son instinct lui dit que vous " lui prenez une portion de l'amour de sa mère. " Et quelquefois, elle ajoutait dans sa droiture : " C'est ma conscience " que cette enfant, et mon remords, sa jalousie."

" Un jour, ayant voulu l'interroger sur cet éloignement profond qu'elle avait pour moi, la marquise n'en avait obtenu que ces réponses brisées, têtues, stupides, qu'il faut tirer, avec un tire-bouchon d''interrogations répétées, de tous les enfants qui ne veulent rien dire... " Je n'ai rien... je ne sais pas ", et voyant la dureté de ce petit bronze, elle avait cessé de lui faire des questions, et, de lassitude, elle s'était détournée...

" J'ai oublié de vous dire que cette enfant bizarre était très dévote, d'une dévotion sombre, espagnole, moyen âge, superstitieuse. Elle tordait autour de son maigre corps toutes sortes de scapulaires et se plaquait sur sa poitrine, unie comme le dos de la main, et autour de son cou brisé, des tas de croix, de bonnes Vierges et de Saints-Esprits !

" Vous êtes malheureusement un impie, me disait la marquise. Un jour, en causant, vous l'aurez peut-être scandalisée. Faites attention à tout ce que vous dites devant elle, je vous en supplie. N'aggravez pas mes torts aux yeux de cette enfant envers qui je me sens déjà si coupable ! " Puis, comme la conduite de cette petite ne changeait point, ne se modifiait point: Vous finirez par la haïr, ajoutait la marquise inquiète, et je ne pourrai pas vous en vouloir. Mais elle se trompait : je n'étais qu'indifférent pour cette maussade fillette, quand elle ne m'impatientait pas.

" J'avais mis entre nous la politesse qu'on a entre grandes personnes, et entre grandes personnes qui ne s'aiment point. Je la traitais avec cérémonie, l'appelant gros comme le bras : " Mademoiselle ", et elle me renvoyait un " Monsieur " glacial. Elle ne voulait rien faire devant moi qui pût la mettre, je ne dis pas en valeur, mais seulement en dehors d'elle-même... Jamais sa mère ne put la décider à me montrer un de ses dessins, ni jouer devant moi un air de piano. Quand je l'y surprenais, étudiant avec beaucoup d'ardeur et d'attention, elle s'arrêtait court, se levait du tabouret et ne jouait plus...

" Une seule fois, sa mère l'exigeant (il y avait du monde), elle se plaça devant l'instrument ouvert avec un de ces airs victime qui, je vous assure, n'avait rien de doux, et elle commença je ne sais quelle partition avec des doigts abominablement contrariés. J'étais debout à la cheminée, et je la regardais obliquement. Elle avait le dos tourné de mon côté, et il n'y avait pas de glace devant elle dans laquelle elle pût voir que je la regardais... Tout à coup son dos (elle se tenait habituellement mal, et sa mère lui disait souvent :

" Si tu te tiens toujours ainsi, tu finiras par te donner une " maladie de poitrine "), tout à coup son dos se redressa, comme si je lui avais cassé l'épine dorsale avec mon regard comme avec une balle ; et abattant violemment le couvercle du piano, qui fit un bruit effroyable en tombant, elle se sauva du salon... On alla la chercher ; mais ce soir-là, on ne put jamais l'y faire revenir.

" Eh bien, il paraît que les hommes les plus fats ne le sont jamais assez, car la conduite de cette ténébreuse enfant, qui m'intéressait si peu, ne me donna rien à penser sur le sentiment qu'elle avait pour moi. Sa mère, non plus. Sa mère, qui était jalouse de toutes les femmes de son salon, ne fut pas plus jalouse que je n'étais fait avec cette petite fille, qui finit par se révéler dans un de ces faits que la marquise, l'expansion même dans l'intimité, pâle encore de la terreur qu'elle avait ressentie, et riant aux éclats de l'avoir éprouvée, eut l'imprudence de me raconter. " Il avait souligné, par inflexion, le mot d'imprudence comme eût fait le plus habile acteur et en homme qui savait que tout l'intérêt de son histoire ne tenait plus qu'au fil de ce mot-là !

Mais cela suffisait apparemment, car ces douze beaux visages de femmes s'étaient enflammés d'un sentiment aussi intense que les visages des Chérubins devant le trône de Dieu. Est-ce que le sentiment de la curiosité chez les femmes n'est pas aussi intense que le sentiment de l'adoration chez les Anges?... Lui, les regarda tous, ces visages de Chérubins qui ne finissaient pas aux épaules, et les trouvant à point, sans doute, pour ce qu'il avait à leur dire, il reprit vite et ne s'arrêta plus :

" Oui, elle riait aux éclats, la marquise, rien que d'y penser ! me dit-elle à quelque temps de là, lorsqu'elle me rapporta la chose ; mais elle n'avait pas toujours ri ! "

" Figurez-vous, me conta-t-elle (je tâcherai de me rappeler ses propres paroles), que j'étais assise là où nous sommes maintenant.

" (C'était une de ces causeuses qu'on appelait des dos-à-dos, le meuble le mieux inventé pour se bouder et se raccommoder sans changer de place.) " Mais vous n'étiez pas où vous voilà, heureusement ! quand on m'annonça... devinez qui ?.., vous ne le devineriez jamais... M. le curé de Saint-Germain-des-Près. Le connaissez-vous ?... Non ! Vous n'allez jamais à la messe, ce qui est très mal... Comment pourriez-vous donc connaître ce pauvre vieux curé qui est un saint, et qui ne met le pied chez aucune femme de sa paroisse, sinon quand il s'agit d'une quête pour ses pauvres ou pour son église ? Je crus tout d'abord que c'était pour cela qu'il venait.

" Il avait dans le temps fait faire sa première communion à ma fille, et elle, qui communiait souvent, l'avait gardé pour confesseur. Pour cette raison, bien des fois, depuis ce temps-là, je l'avais invité à dîner, mais en vain. Quand il entra, il était extrêmement troublé, et je vis sur ses traits, d'ordinaire si placides, un embarras si peu dissimulé et si grand, qu'il me fut impossible de le mettre sur le compte de la timidité toute seule, et que je ne pus m'empêcher de lui dire pour première parole :

" - Eh ! mon Dieu ! qu'y a-t-il, monsieur le curé ? "

" - Il y a, me dit-il, madame, que vous voyez l'homme le plus embarrassé qu'il y ait au monde. Voilà plus de cinquante ans que je suis dans le saint ministère, et je n'ai jamais été chargé d'une commission plus délicate et que je comprisse moins que celle que j'ai à vous faire..."

" Et il s'assit, me demanda de faire fermer ma porte tout le temps de notre entretien. Vous sentez bien que toutes ces solennités m'effrayaient un peu... Il s'en aperçut.

" - Ne vous effrayez pas à ce point, madame, reprit-il " vous avez besoin de tout votre sang-froid pour m'écouter et pour me faire comprendre, à moi, la chose inouïe dont il s'agit, et qu'en vérité je ne puis admettre... Mademoiselle votre fille, de la part de qui je viens, est, vous le savez comme moi, un ange de pureté et de piété. Je connais son âme. Je la tiens dans mes mains depuis son âge de sept ans, et je suis persuadé qu'elle se trompe... à force d'innocence peut-être... Mais, ce matin, elle est venue me déclarer"en confession qu'elle était, vous ne le croirez pas, madame, ni moi non plus, mais il faut bien dire le mot... enceinte ! "

" Je poussai un cri...

" - J'en ai poussé un comme vous dans mon confessionnal, ce matin, reprit le curé, à cette déclaration faite par elle avec toutes les marques du désespoir le plus sincère et le plus affreux ! Je sais à fond cette enfant. Elle ignore tout de la vie et du péché... C'est certainement de toutes les jeunes filles que je confesse celle dont je répondrais le plus devant Dieu. Voilà tout ce que je puis vous dire !

"Nous sommes, nous autres prêtres, les chirurgiens des âmes, et il nous faut les accoucher des hontes qu'elles dissimulent, avec des mains qui ne les blessent ni ne les tachent. Je l'ai donc, avec toutes les précautions possibles, interrogée, questionnée, pressée de questions, cette enfant au désespoir, mais qui, une fois la chose dite, la faute avouée, qu'elle appelle un crime et sa damnation éternelle, car elle se croit damnée, la pauvre fille ! ne m'a plus répondu et s'est obstinément renfermée dans un silence qu'elle n'a rompu que pour me supplier de venir vous trouver, madame, et de vous apprendre son crime, - car il faut bien que sa maman le sache, a-t-elle dit, et jamais je n'aurai la force de le lui avouer ! "

" J'écoutais le curé de Saint-Germain-des-Près. Vous vous doutez bien avec quel mélange de stupéfaction et d'anxiété ! Comme lui et encore plus que lui, je croyais être sûre de l'innocence de ma fille ; mais les innocents tombent souvent, même par innocence... Et ce qu'elle avait dit à son confesseur n'était pas impossible... Je n'y croyais pas... Je ne voulus pas y croire ; mais cependant ce n'était pas impossible !... Elle n'avait que treize ans, mais elle était une femme, et cette précocité même m'avait effrayée... Une fièvre, un transport de curiosité me saisit.

"- Je veux et je vais tout savoir ! " dis-je à ce bonhomme de prêtre, ahuri devant moi et qui, en m'écoutant, débordait d'embarras son chapeau. " Laissez-moi, monsieur le curé. Elle ne parlerait pas devant vous. Mais je suis sûre qu'elle me dira tout... que je lui arracherai tout, et que nous comprendrons alors ce qui est maintenant incompréhensible! "

" Et le prêtre s'en alla là-dessus, - et dès qu'il fut parti, je montai chez ma fille, n'ayant pas la patience de la faire demander et de l'attendre.

" Je la trouvai devant le crucifix de son lit, pas agenouillée, mais prosternée, pâle comme une morte, les yeux secs, mais très rouges, comme des yeux qui ont beaucoup pleuré.

Je la pris dans mes bras, l'assis près de moi, puis sur mes genoux, et je lui dis que je ne pouvais pas croire ce que venait de m'apprendre son confesseur.

" Mais elle m'interrompit pour m'assurer avec des navrements de voix et de physionomie que c'était vrai, ce qu'il avait dit, et c'est alors que, de plus en plus inquiète et étonnée, je lui demandai le nom de celui qui...

" Je n'achevai pas... Ah ! ce fut le moment terrible ! Elle se cacha la tête et le visage sur mon épaule... mais je voyais le ton de feu de son cou, par-derrière, et je la sentais frissonner. Le silence qu'elle avait opposé à son confesseur, elle me l'opposa. C'était un mur.

" - Il faut que ce soit quelqu'un bien au-dessous de toi, puisque tu as tant de honte ?... " lui dis-je, pour la faire parler en la révoltant, car je la savais orgueilleuse.

" Mais c'était toujours le même silence, le même engloutissement de sa tête sur mon épaule. Cela dura un temps qui me parut infini, quand tout à coup elle me dit sans se soulever : Jure-moi que tu me pardonneras, maman. "

" Je lui jurai tout ce qu'elle voulut, au risque d'être cent fois parjure ; je m'en souciais bien ! Je m'impatientais. Je bouillais... Il me semblait que mon front allait éclater et laisser échapper ma cervelle...

" - Eh bien, c'est M. de Ravila ", fit-elle d'une voix basse ; et elle resta comme elle étaitdans mes bras.

" Ah ! l'effet de ce nom, Amédée ! Je recevais d'un seul coup, en plein coeur, la punition de la grande faute de ma vie ! Vous êtes, en fait de femmes, un homme si terrible, vous m'avez fait craindre tant de rivalités, que l'horrible " pourquoi pas ? " dit à propos de l'homme qu'on aime et dont on doute, se leva en moi... Ce que j'éprouvais, j'eus la force de le cacher à cette cruelle enfant, qui avait peut-être deviné l'amour de sa mère.

" - M, de Ravila ! fis-je avec une voix qui me semblait dire tout, mais tu ne lui parles jamais ? - Tu le fuis, j'allais ajouter, car la colère commençait ; je la sentais venir...

" Vous êtes donc bien faux tous les deux ? " Mais je réprimai cela... Ne fallait-il pas que je susse les détails, un par un, de cette horrible séduction ?... Et je les lui demandai avec une douceur dont je crus mourir, quand elle m'ôta de cet étau, de ce supplice, en me disant naïvement :

" - Mère, c'était un soir. Il était dans le grand fauteuil qui est au coin de la cheminée, en face de la causeuse. Il y resta longtemps, puis il se leva, et moi j'eus le malheur d'aller m'asseoir après lui dans ce fauteuil qu'il avait quitté. Oh ! maman !... c'est comme si j'étais tombée dans du feu. Je voulais me lever, je ne pus pas... le coeur me manqua! et je sentis... tiens ! là, maman... que ce que j'avais.., c'était un enfant !... "

La marquise avait ri, dit Ravila, quand elle lui avait raconté cette histoire ; mais aucune des douze femmes qui étaient autour de cette table ne songea à rire, - ni Ravila non plus.

" Et voilà, mesdames, croyez-le, si vous voulez, ajouta-t-il en forme de conclusion, le plus bel amour que j'aie inspiré de ma vie ! " Et il se tut, elles aussi. Elles étaient pensives... L'avaient-elles compris '?

Lorsque Joseph était esclave chez Mme Putiphar, il était si beau, dit le Koran, que, de rêverie, les femmes qu'il servait à table se coupaient les doigts avec leurs couteaux, en le regardant. Mais nous ne sommes plus au temps de Joseph, et les préoccupations qu'on a au dessert sont moins fortes.

" Quelle grande bête, avec tout son esprit que votre marquise, pour avoir dit pareille chose ! " fit la duchesse, qui se permit d'être cynique, mais qui ne se coupa rien du tout avec le couteau d'or qu'elle tenait toujours à la main.

La comtesse de Chiffrevas regardait attentivement dans le fond d'un verre de vin du Rhin, en cristal émeraude, mystérieux comme sa pensée.

" Et la petite masque ? demanda-t-elle.

- Oh ! elle était morte, bien jeune et mariée en province, quand sa mère me raconta cette histoire, répondit Ravila.

- Sans cela !... " fit la duchesse songeuse

VI

La baronne s'était précipitée au-devant de son fils: elle était aussi pâle que lui. Le docteur portait l'enfant avec précaution et traversait les vestibules, les galeries, les boudoirs et les salons, suivi de Jacquot, qui n'osait pas poser ses pieds à terre, tant les parquets étaient luisants.

«Si seulement j'avais mes souliers vernis!» pensait-il.

Le petit Léo était étendu sur une chaise longue, dans la chambre de sa mère; la baronne, à genoux devant lui, tenait une de ses mains, qu'elle couvrait de baisers, et le docteur, de l'autre côté du malade, attendait que se produisît l'effet des applications de moutarde.

Jacquot, droit comme un I dans l'angle de la vaste chambre, tâchait de se faire oublier.

«Votre fils revient à lui, madame, murmura le docteur. La commotion a été si violente que peut-être aura-t-il quelque peine à rassembler ses idées. Ne vous effrayez pas, je vous en prie, de l'incohérence de ses paroles.

—Hélas! docteur, j'y suis habituée, repartit la baronne: mon pauvre enfant, à huit ans, n'a guère plus d'intelligence qu'un bébé de deux ans, et son apparence n'est certes pas celle d'un garçon de son âge.

—A la suite de quelle maladie a-t-il perdu ses facultés?

—Ce n'est pas après une maladie, docteur, mais après une chute terrible qu'il fit, il y a six ans, en se précipitant par une fenêtre de toute la hauteur d'un premier étage.

—Dans ce cas, madame, vous pouvez encore conserver quelque espoir, et peut-être un jour...»

Léo avait ouvert les yeux; il les promenait avec curiosité sur les tentures, sur les meubles, sur sa mère, sur le docteur.

«Où est le petit garçon? demanda-t-il d'une voix très nette et très claire.

—Quel petit garçon, mon amour? lui répondit la baronne, qui pressentait le délire dans cette question bizarre.

—Celui qui m'a pris dans ses bras.

–Quand donc, mon chéri?

–Aux Champs-Élysées, quand je suis tombé sous les pieds des chevaux.

–Que veut-il dire, docteur?

–La vérité, madame la baronne. Il était tombé au milieu de la chaussée, sous les roues des voitures et sous les sabots des chevaux. C'en était fait de lui, quand un jeune garçon, un enfant aussi, mais vigoureux et dévoué, l'a arraché à une mort certaine.

–Et cet enfant, docteur, ce brave garçon, où est-il?

–Là, là, maman! derrière les rideaux! il se cache!

–Approche, mon garçon, lui dit le docteur; viens serrer la main à celui qui sans toi n'aurait jamais revu sa mère.»

Jacquot s'approchait en tremblant; lui si hardi, il se sentait troublé par la douleur de la jeune mère, par l'égarement du petit malade, et aussi par toutes les pendules qui sonnaient à la fois cinq heures, comme pour le narguer.

«J'ai déjà vu ce garçon, reprit la baronne en considérant attentivement Jacquot, qui sautait d'un pied sur l'autre, regrettant plus que jamais ses souliers vernis!

–Maman, c'est lui qui t'a vendu des roses!

–Oui, oui, le protégé de la gentille Giselle; je me le rappelle. Ah! mon ami, sois béni: sans toi, je perdais mon fils, mon seul bonheur, mon seul espoir, car je n'ai plus que lui en ce monde!

Jacquot s'approchait en tremblant.

—Madame la baronne... balbutia Jacquot.

—Que ferons-nous jamais pour te récompenser, pour te remercier, veux-je dire? Comprends-tu? Sans toi, j'aurais perdu mon fils, mon Léo! Non, tu es trop jeune, tu ne connais pas encore la douleur! Tu ne me comprends pas! Ah! cher petit! pense donc au désespoir de ta mère si le malheur te rappait un jour!

—Les autres consoleraient la mère, reprend Jacquot, plus fier que jamais de sa nombreuse famille; elle n'a pas qu'un seul petit, la mère!

—Ah! mon enfant! les caresses de tous ne consolent pas de la perte d'un seul!»

Ému de la tristesse de cette femme belle, jeune et riche, dont l'amour est concentré sur la tête d'un enfant chétif, inintelligent et maladif, le docteur rapproche les deux garçons dans une étreinte affectueuse; il joint leurs mains, il entraîne leurs cœurs unis par un sentiment de reconnaissance et de dévouement!

«Vous n'avez pas de frère, monsieur Léo, eh bien! il faudra aimer Jacquot.

– Je l'aime, répond l'enfant.

– Il viendra vous voir souvent, il jouera avec vous, il vous contera des histoires...

– Non, non, non! s'écria Léo en pleurant.

– Comment! vous ne voulez plus le revoir?

– Je ne veux plus le quitter.

– Comment cela, mon petit ami? Vous ne savez pas que Jacquot a besoin de travailler, de gagner sa vie; il n'est pas riche comme vous!

– Je partagerai avec lui!

– Voyons, mon enfant, soyez raisonnable.

– Je l'aime! répéta l'enfant.

– C'est très vilain d'être entêté, monsieur Léo!

– Je l'aime!...

– Mais enfin vous ne le connaissez pas!

– Je l'aime!...»

Le docteur était vraiment fort embarrassé. Jacquot, assis sur une petite chaise auprès de Léo, lui rendait ses caresses et le berçait doucement, comme une mère qui console son bébé. En réalité, il était bien mal à son aise; car il pressentait le dénouement inévitable de cette scène, et il se disait, tout en souriant à Léo:

«La baronne va me flanquer à la porte, c'est sûr! Il est bientôt six heures; en courant bien fort, je n'arriverai qu'à sept heures au boulevard; j'aurai manqué mes clients; mam'selle Giselle sera inquiète, elle me grondera, et, ce qui me chiffonne le plus, je ne reverrai jamais ce pauvre petit, qui tout de même est bien un peu à moi!

—Tu ne me quitteras plus, dis, Jacquot? répétait Léo à travers ses larmes. Dis, Jacquot, dis donc?... Tu seras là quand les méchants chevaux voudront me tuer, dis, Jacquot? Tu me prendras dans tes bras, dis, Jacquot? Tu m'enlèveras encore au milieu des voitures et tu me rapporteras à maman? Dis, Jacquot, dis... dis!

—Oui, monsieur Léo, j'espère bien que je serai toujours là pour vous rendre service, mais il n'y a plus de danger! Vous ne sortirez plus avec cette grande bavarde qui vous aurait laissé écraser par bêtise.

—Je ne sortirai qu'avec toi, Jacquot!

—Ah! par exemple, monsieur Léo! Voilà une drôle d'idée! Qu'est-ce qu'on dirait en vous voyant si fiérot, avec vos jolies culottes courtes, votre petite veste, votre cravate de satin et vos bottines vernies, à côté d'un petit malheureux mal habillé et chaussé de gros souliers à clous! On rirait!

—On n'a pas regardé comment tu étais vêtu tantôt aux Champs-Élysées! Et on ne riait pas, quand tu as risqué de te faire écraser pour te précipiter à mon secours!»

La baronne avait gardé un silence impénétrable depuis le début de cet entretien, et le docteur, silencieux lui-même, écoutait le bavardage des enfants en observant Léo avec une surprise mêlée d'intérêt.

Le ton, la voix, la physionomie de l'enfant démentaient l'aveu cruel que la douleur avait arraché à sa mère, alors qu'il n'avait pas encore repris connaissance. L'affection étincelait dans son regard fixé sur Jacquot; la logique de ses réponses, la ténacité de son désir, la lucidité de son esprit, annonçaient le réveil de l'intelligence dans ce petit cerveau engourdi jusque-là. Cet innocent, comme disait sa gouvernante, secouait la torpeur qui l'accablait; encore quelques efforts, et son esprit sortirait des ténèbres; et la divine reconnaissance briserait les derniers liens qui garrottaient encore son âme.

«Me pardonnez-vous, madame, murmura le docteur à voix basse, d'avoir fait appel, dans le cœur de votre fils, aux sentiments qui l'exaltent si violemment? Me pardonnez-vous la situation difficile dans laquelle mon imprudence vous met vis-à-vis du sauveur de M. Léo?

– Je ne vous comprends pas, docteur, répondit la baronne, qui, s'étant levée, s'approchait doucement du groupe attendrissant des deux garçons. Que parlez-vous de pardon, d'embarras, d'imprudence, que sais-je? De ma situation vis-à-vis de Jacquot? Ah! je sens bien tout ce que je lui dois, à ce cher garçon! Ne m'a-t-il pas rendu deux fois mon fils en ce beau jour? N'a-t-il pas sauvé et sa vie et son âme?

– Tu ne nous quitteras plus, répétait Léo pour la vingtième fois; tu vivras avec nous; n'est-ce pas, maman?

– Je vais écrire à tes parents, mon cher garçon, répondit la baronne, et je leur demanderai de te laisser auprès de nous.

– Ma fine! je savais bien que les richards de Genève possèdent maison de ville et maison de campagne, murmura Jacquot, dont l'émotion ne paralysait pas la gaieté naturelle, mais moi, je serai encore plus richard qu'eux tous, puisque j'aurai famille de ville et famille de campagne!

«Ce qui m'étonne, ce n'est pas d'avoir un frère de plus, ajouta-t-il en se précipitant dans les bras que lui tendait la baronne, ça peut arriver tous les jours! Mais je n'avais jamais pensé que le bon Dieu serait assez généreux pour me donner deux mamans!»

Autour de la grande caisse arrivée de Paris, les vieux et les enfants poussent des cris de surprise et de joie. Jacquot, devenu Jacques, n'a oublié aucune de ses promesses.

Il y a bien la poupée pour Jeannette, le tablier de soie pour Claudine, la croix d'or pour Rosette. Il y a aussi la robe à carreaux pour le dernier-né, les souliers vernis pour Pierrot, la montre d'argent pour l'aîné! Il y a encore l'habit bleu, la culotte jaune et le gilet à fleurs pour le père. Il y a enfin un bel acte signé et paraphé par le notaire de Sion, qui déclare que la petite maisonnette de la vallée appartient désormais à la bonne Gertrude.

Jacques a pensé à tout le monde, chacun a son cadeau, et cependant tout au fond de la caisse il reste encore quelque chose: un petit rouleau blanc qu'entoure une faveur.

Sur une belle feuille de papier satiné, une main inhabile et tremblante a tracé en gros caractères ces mots, que Gertrude épelle tout en pleurant:

Que le bon Dieu protège les parents d'un heureux p'tit homme!

FIN